First published in the United States, Great Britain, Canada, Australia, and
New Zealand in 2003 by North-South Books Inc.,
an imprint of NordSüd Verlag AG, Zürich, Switzerland.

First Spanish edition published in 2007 by Ediciones NorteSur,
an imprint of NordSüd Verlag AG.
Distributed in the United States by North-South Books Inc., New York.

Library of Congress Cataloging-in-Publication Data is available.
A CIP catalogue record for this book is available from The British Library.

ISBN-13: 978-0-7358-2104-0 / ISBN-10: 0-7358-2104-6 (Spanish library edition) 10 9 8 7 6 5 4 3 2 1
ISBN-13: 978-0-7358-2105-7 / ISBN-10: 0-7358-2105-4 (Spanish paperback edition) 10 9 8 7 6 5 4 3 2 1

Printed in Italy

CHISATO TASHIRO

Los colores del Camaleón

Traducido por Asa Zatz

Ediciones NorteSur
NEW YORK

El Camaleón cambiaba de color constantemente. Dondequiera que iba, su piel cambiaba, de café a verde, de verde a amarillo, según el color de su entorno.

A veces hasta sus mejores amigos pasaban junto a él y no lo veían. Pensaban que era un trozo de madera, una flor o una piedra.

—¡Ay! Perdona, Camaleón— El Hipopótamo casi lo pisa. —Ni siquiera te vi—.

—Lo sé —dijo el Camaleón—. Nadie me ve. Ya estoy cansado de esta situación.

—Pues a mí me encantaría cambiar de color —dijo el Hipopótamo—.

—¿Qué? — preguntó asombrado El Camaleón.

—Todos los días luzco el mismo gris lodoso —exclamó
el Hipopótamo—. Sería muy divertido ser de diferente color.

—Pues, si eso es lo que quieres — dijo el Camaleón—.
Entonces arrancó varias flores rosadas, las pisoteó y con el jugo
pintó todo el cuerpo del Hipopótamo.

"—¡Fantástico!" —dijo el Hipopótamo—. ¡Ahora soy de color
rosado como tú!

El camaleón sonrió, feliz. Era una idea sensacional.

Esa noche, el Camaleón se quedó hasta muy tarde cortando flores, frutos y hojas. Exprimió los jugos y los mezcló en pequeñas cáscaras de coco. Apenas podía esperar a que amaneciera.

¡Los colores del Camaleón! Oso, pulga o lo que seas, dime qué color deseas. El Camaleó cantaba a voz en cuello. El viento llevó s voz por toda la selva y pronto acudiero los animales.

—¿Cuál te gusta? —voceaba el Camaleón—. Escoge un estilo, rayas, puntitos, cuadritos, cualquier diseño que hay en este mundo.

Coloridos y contentos, los animales regresaron a sus casas. El Camaleón también estaba muy feliz. Se había vuelto el animal más popular de la selva.

Pero, al día siguiente, el León empezó a lamentarse.

—Estos colores resultaron una gran equivocación —decía—. Tengo hambre pero no puedo distinguir entre una cebra y un hipopótamo. ¿Cómo sabré qué comer?

—El León tiene razón —siseó la Culebra—. Ya no puedo esconderme entre la hierba. El rojo vivo de mi piel se ve a la legua.

Pronto los demás animales empezaron a protestar.
—La vida era mucho más fácil con nuestros propios colores.
¡Ahora todo se confunde y tú tienes la culpa,
Camaleón! ¡Tienes que devolvernos nuestro color!
—Y se lanzaron furiosos contra él.

Lo persiguieron hasta el borde de un precipicio.
Temblando, el Camaleón cerró los ojos, tomó el
color de las rocas, y esperó . . .

De repente, un trueno sacudió el cielo y una
lluvia torrencial cayó sobre los animales lavándoles
los colores. El Camaleón suspiró aliviado.

Al salir el sol, la selva volvió a la normalidad. La Cebra tenía rayas, el León no. Y el Camaleón también volvió a ser como era, mudando de café a verde amarillo, según el color de su entorno.